집밥의 왕자

파란시선 0049 집밥의 왕자

1판 1쇄 펴낸날 2020년 1월 20일
지은이 양균원
디자인 최선영
인쇄인 (주)두경 정지오
펴낸이 채상우
펴낸곳 (주)함께하는출판그룹파란
등록번호 제2015-000068호
등록일자 2015년 9월 15일
주소 (10387) 경기도 고양시 일산서구 중앙로 1455 대우시티프라자 B1 202호
전화 031-919-4288
팩스 031-919-4287
모바일팩스 0504-441-3439
이메일 bookparan2015@hanmail.net

ⓒ양균원, 2020, printed in Seoul, Korea

ISBN 979-11-87756-59-0 04810
      979-11-956331-0-4 04810 (세트)

값 10,000원

집밥의 왕자

양균원 시집

시인의 말

가장 가까운 당신은 가장 단단한 형식이다

차례

해설

제1부 산티아고 영감이 사자 꿈을 꾸는 새벽

있지요

신발 끈이
운명처럼 풀어지고
노상에 나를 멈춰 세우는
그런 때가, 있지요
무릎을 굽히다가 마주한
그림자의 어깨
오른 죽지에서 가방끈이
조여졌다
늦춰지고
뒤에서 오던 햇살이
정수리에 올라
나를 당기듯
나를 누르듯
용쓰는 때가

빗길은 엇길

강을 건너는 긴 다리들
안개의 속옷이 너풀거리고 있다
피지 못한 과꽃이
흰 털 줄기째 스타킹에 달라붙어도
돌아서지 않는다
지하 터널을 빠져나온 단칸방들이
불 꺼진 창을 달고
장대비 속에 날아오르고 있다
땅속에 박아 대던 쇠못 소리도
마스카라 뭉개지는 마천루 너머로
점점 여리게 번져 가고 있다
둑길이 탁주에 젖는다
잡풀 언덕에 기댄 능소화 취기
방아 잎 문질러 코끝에 대자
부침개 아삭한 평상이
처마 가에 놓인다
마음이 닿는 가장자리마다
망초꽃이 지고 피고 시들고 맺히고
빗길은 엇길
제 갈 길 간다

저리 가깝게 저리 멀게
빗방울이 찍어 대는 무수한 맹점들
수천 마리 붕어가 수면에
둥근 하품을 터뜨리고
떠내려가는 밀레니엄의 잠
울다 졸다 칭얼대다 잠드는
젖 뗀 아이같이

오늘이라는 우연

아침 식사 중에
툭, 아주 사소하게 부러졌다
길고양이 공터 걷듯이
슬쩍 씹으려는데
두 가닥 뿌리가 떠받치는 어디선가
미세하게 갈라졌다
코앞에 엄니가 없다
눌렀다 밀었다 혀끝에 즐기던 통증도 없다
문고리와 나 사이에 걸린
무명의 실마저 없다
예고 없이 닥치는 우연은 있다
우연이라는 것은
오늘 시작하고 오늘 끝나는 사건이지만
정작, 오늘이라는 우연은 없다
찰진 밥알이 잡아당기지 않았고
여물 썰듯 작두질하지 않았는데
가장 단단하게 살아온 내 안의 부분이
그답게 소란 떨지 않고
날 떠났다
푸르고 고소한 시금치 잔해에 싸여

몸 밖으로 나온 그,

밖은 아침저녁 칫솔질로 매끄럽게 빛나고

속은 앙다문 시간이 꽉 채워진

이빨 반 토막

섬

섬에는
혼자 가고 싶다
왜, 섬이 혼자일 테니까
혼자인지 단정할 수 없으나
어쩐지 그이라도 그랬으면 싶으니까
그래 본 적 없다
가족 곁이거나
무리의 앞이나 뒤였다
반성한다, 이래서 내 시가 이렇다고
시 쓴답시고 다 버리고 떠난
아니, 그런 척 재는 이들이
시의 섬에 도달했다고
인정하지 않는다
생각한다, 아직 기회가 있다고
혼자인 적 없으므로
언젠가 혼자일 수 있고
그땐 지금과 다른 나일 수 있다고
하지만 이미 혼자를 저지른 이들은
다시 혼자를 누릴 수 없다고
혼자가 아니므로

혼자를 꿈꿀 수 있다
묘하다, 내가 나를
속이는 것 같다
떨어져 나가는 것처럼
돌아와 붙드는 것도
살아가는 일이 아닐까
혼자를 깊이 앓는 이들은
회귀할 무엇이
기회로 남아 있는 건 아닌지
혹 난, 영원히 혼자일 수 없는 건 아닌지
술 깬 후 명심할 것
일, 기회 들먹이지 마
이, 그냥 써

발견

붉은
유리 조각이
날 잡아당긴다
깨진 것에게
다가오는 모든 것은 적이다
깨진 가장자리에서
빛이 화살을 날린다
깨져 날이 선 것
둥지를 떠나 예각이 드러난 것
그리하여 둥글게 마모되어 가는 것
부르는 대로 불리는 것이
사물의 운명이다
네 잎 클로버는 책 속에 버려졌다
이제 다가갈 수 있다
누군가의 손바닥에
뭐냐고 물을 수조차 없는 아름다움으로
놓일 수 있다
외론 책방의 꽃병이었는지
성당 색유리에 조형된
막달라 마리아의 손등이었는지

생각나지 않는다

궁금하지 않다

산산조각 나기 전은 없다

날 선 기억은 온데간데없어지고

겨울 바다 모래톱에 비죽 솟아 있는

유리 조각, 붉은

당김

까마귀처럼 가라

가지에서 가지로
까마귀처럼 가고 싶다
나를 보내는 너의 시각에서
가도 가도 풀밭인 곳으로
정처 없이 걷고 싶다
너의 중심을 떠나
한 걸음에 풀 서너 포기씩
나의 중심도 풀 서너 포기에 한 걸음씩
뒤에 남겨 두고
농담이 살아 있는
수묵화 속으로 배어들고 싶다
끝없이 이어지는 풀, 풀
풀 곁에 풀로 걷고 있다
네 이름을 부르니 풀벌레가 날아간다
네 손을 잡으니 풀씨가 흩어진다
시작이 없어서 끝이 없는,
이곳이 사막이라면 풀은 모래다
이곳이 바다라면 풀은 물이다
내려놓기에는 그만인 이곳
먼 산이 자꾸 낮아진다

세상의 모든 것이 풀 높이로 내려와
허공에 밑줄을 긋는다
가도 가도 싱겁게 푸른 십 리에서
난, 드디어 아무것도 아닌
나일 수 있을 것,
이렇게 가고 싶다

오늘 부는 바람은

기억하지 않는다
출발을 기다리지 않고
도착을 서두르지 않는다
지나간 역은 모두 그라운드 제로
주인도 없고 객도 없다
그러니 꽃도 없고 짐승도 없는 빈터
난, 3B에 앉아 허용된 넓이로 어깨를 편다
21세기 축지법은 생략에 의존한다
접속사 접고 말줄임표 줄이고
아무 때나 끼어드는 여백,
더 이상 지나치는 게 없으므로 정지다
마침표 없는 정지는 곧바로 허공
푸른 여백에 눈으로 쓰는 것은
날아가, 지워져
다음, 다음, 다시 다음이 오면
오는 것도 가는 것도 아닌 순간이 오고 또 간다
시간은 날아가는 것이 아니라
공간을 격하여 이동한다
오늘이 너무 빠르게 시작하고 또 끝나서
내일은 바닥난 우물이다

오늘을 따라잡을 수 없는 어제가 있다
채우고 다시 비우는 자리에는
기억이 머물 수 없다
비움으로써 다시 채워지는 공간의 피스톤 운동
다가왔다 사라지는 무수한 공기의 입자들
난, 초고속 하행선에서 느려지고 있고
아무거나 날려 보내는 저 무심한 대한의 하늘에서
그대들이여, 오늘 어찌
무탈하신가?

후렴

정차 중이다
누군가의 벽 옆에 엔진을 멈추고
햇살의 온기로 지탱하는 시간
음악이 끝난다는 것은
진통제가 떨어진다는 것
멜로디에 가려졌던 소음이
맨살에 돋는다
후렴이 떠난 이후에서
마음이 없다
막 빠져나갔는데
채 채워지지 않고 있다
켜켜이 쌓인 낙서가 탄화되고
맹물이 가슴을 적시는 때가 있다
쓰고자 하는 의욕마저 사라지고
그 이후에서 머뭇대는 공백, 공백이 있다
찾는다는 것은
무모한 것인지 모른다
아직 아무것도 아닌 순간에서
유령처럼 떠 있다
자발적 유예 속으로

잠깐, 백지장인 듯
식어 가는 저녁 햇살이 묻었다 비켜나고
함께 떠날 사람은 아직
도착하지 않았고
무릎이 시려 오고

물리적

무심코 지나치는
오성 호텔 이 층 베란다에서
소낙비 지나간 하늘로
나부낀다
미국, 중국, 러시아, 싱가포르, 베트남
겹치고 갈라지는 사이사이에
대한이도 민국이도 만세
일본도 떠 있다
빛 속에 빛나는 빛
속이 일으키는 파동이다
고층 빌딩 숲에서도
바람은, 올 데서 오고
불 데서 불고, 사라질 데로 사라지고
옷깃이 이렇게 흔들리고 있으니
마음마저 물리적이 되라
갈 길 바쁘던 차량마저 일제히 정지
이게 햇살의 명령이라고 생각하자
원피스, 입술, 흰 손지갑이
이어폰 율동에 실려 떠내려간다
지나가는 모든 것이

포구를 향하여 액화하고 있다
포커스는 포커스 아웃이 제격
바람과 햇살에게
다 미루고 다 잊고
더 이상 잿빛 머릿속으로 들어가지 않으려는,
그 머릿속으로 지금, 이곳이 후끈하게 담기고 있는
회색분자, 오늘 제법
물리적

귀때기 선생

1

내가 맛본 첫
물 밖의 물맛이었을 것이다
귀여운 수저가
젓가락 없이 살짝 놓였는데
구슬 손잡이가 꼭지에 달린 뚜껑을 열고
눈꽃 설탕을 두 술 떠서는
그 옴팍한 작은 둥지에 넣는 거였다
천천히 젓는 거였다
불그레한 투명 속으로 녹아드는 빛 가루는
엄니 손에 묻은 밀가루처럼
끈적이지 않고
날리지 않았다
설익은 감 감씹은 후였다가
장대 끝에 달려 서서히 내려오는 늦가을
식은 까치밥 나눠 먹은 후로
바뀌는 거였다

2

차를 마신다
받침 접시는 없어지고
그날의 찻잔만 남았지만
짝을 잃은 것들이 자연스럽게 모여 사는
찬장 맨 위 칸에서
아직도 푸른 잎 무늬를
빚고 있다

아무도 그 가치를 알지 못하므로
아마도 그만이 내 시를 밝힐 수 있을 게다

3

맘속에 사는 마당이 있다
빗자루 자국 채 가시지 않은 타불라 라사
빨랫줄 세우던 대막대기 그늘이
텃밭에서 우물로
기어가고 있다

이름 두 자로
아부지를 불러 대던 동무의 아부지
두 홍안 선생은
땡감나무 밑 평상에 마주 앉아
아직 쪽 진 머리인 엄니가 다반에 내온 차
입술에 적시듯 마셨는데
세상 풍파에 이리저리 떠돌다가
그 선생, 먼저 저세상 가셨는데
끊은 술 느지막이 다시 시작하여
어째 옛날보다 안 취한다냐
차 마시다 술 마시다
울 아부지도 떠나셨는데

평상 같은
날마다 그리운 적막이 찾아오면
요 녀석 봐라,
무릎 가에 앉히고
아빠 닮아 부처님 귀일세
귓불을 꼬옥 잡아당기며 놀리던
귀때기 선생이, 그 맞은편에

나보다 딱 스무 살은 젊어 보이는
울 아부지 싱거운 미소가
보고자파

보리밭 섬에 갇히다

장마가 지나갔어도
초상화 옷섶에는 빗물이 들지 않았다
흑연이 비스듬히 닳아 가면서
눈썹에 새겨 넣은 검은 윤기
행운목이 복도를 지키고 있다
출입문 상인방에 걸터앉아
느티나무의 사계를 내다보는 당신,
항상 그 자리인 당신을
잠깐 들여다보는 창밖의 나,
녹음(綠陰)이 대신 출석한 교실 앞에 섰다
시간은 항상 토요일 오후다
들이고 놓아주지 않은 게
저 안에 있다
탱자나무 가시들이 조형하는
텃밭, 바람 새 드는 수천 갈래 울타리로
터진 솔기가 풀려나간다
풍어제에 소원을 날리던 삼각 깃발
어망, 부표, 밧줄, 모두 돌담에 기대어
볕을 쬐고 있는 폐교의 정원
다듬지 않은 그대로

지나가는 것들, 살아가는 것들 속에 무사하다
누런 보리밭 섬의 주민들이
시간 속에 심고 시간 밖에 놓아준 나무들
첫 연륙교의 삽질로 세운 어린이헌장 비가
그 속에 서 있다
굶주린 어린이는 먹여야 한다
더 이상 가슴에 달 수 없는 그날의 이름표들이
포구를 찾아 내려가는 느릿한 외벽에
짝꿍 지어 붙어 있다
향나무가 고흐의 붓질로 타오른다
누군가 쪼개 놓은, 아직 덜 익은 무화과 두 쪽이
옥외 세면대에 불경하게 말라 간다
독서하는 소녀는 반팔 드레스를 입고 있다
반공 소년은 아직까지 외치고 있다
비껴 잡은 칼보다 더 기울어진
장군의 투구, 돌아보는 자의 시선에서
돌로 굳었다

146길 18, 새벽 2시

동 간 불빛 속에
쓰레기 수거 차량 한 대가
섰다 출발했다 섰다
사내 둘이
내렸다 탔다 내렸다
만성 코골이 엔진도
토했다 참았다 토했다
환등의 막간을 지날 때마다
쌓아 올린 모든 것이
철컥거렸다
관중은 유리 속에
조명은 나무 끝에
용수철이 뒤틀리다 튀어나올 듯했으나
기역 자 오르막을 용케 통과하여
다음 불면 곁으로
삐거덕 다가가고

산티아고 영감이 사자 꿈을 꾸는 새벽

1. 빛

숨에는
빛이 배어 있다
반짝이는 숨 가루가 사방에 뿌려져
천공이 푸르다
고요가 등 푸른 것은
각자의 감방이고 암자인 바람의 살갗에서
기공이 열리는 탓이다
멕시코만에 떠도는 무수한 별 먼지를 보라
날아오른 영혼의 홀씨들이 수평선 이쪽으로
빛을 밀어내지 않는다면
빛은 내게 오지 않고
가던 길 가고
어두울 것이다
근원은 태양일지라도
빛은 공허의 미립자에서 온다
빛의 명령은
당신에게 돌아서라
어디에 가든

고개는 당신에게 향하라는 것
등줄기가 굽은 자는 너나없이
당신 쪽으로 기울고 있다
무리 지어 걸어가는 야자수를 보라
생장하는 것의 정수리에서
투명하게 솟구치는 것들
무중력의 깊이로 날아오르는 것들
푸른빛을 난사하고 있다
부딪쳐 돌아오지 않는 것은
빛이 아니다

2. 오두막

바늘 끝에서
꼬리 셋 달린 삼십이분음표가 연달아 재생되는
굴곡이 있다
불고, 켜고, 치고, 한꺼번에 달려든 음색들이
순간에 저지르는 사건을
분별하는 귀,
그려 내는 손이 있다

난 아니다

외이도를 지나

평형모래가 쓸려 나가는 고막 근처에서

볼트가 너트에게

못이 쐐기에게

그만, 이제 그만, 숨이 넘어간다

경첩이 풀려 가고

이음매가 벌어지는 비틀림에서

당신이 그 자리에 덩그마니

존재하는 것은

노래가 만들어지고 있어서

마에스트로가 아니지만

음정마저 놓치는 날이 있지만

해변의 오두막처럼

소리 속에 열려 있기에

3. 빈손

공치는 날은

바다가 더 푸르다

푸른 것은

날마다 빈자리 채우는 게 천성

수평이 깨지지 않는다

직전에 열린 것은 직후에 닫힌다

갈라졌다 붙는 것이 뱃길의 낙이라

틈은 사라진다

밀어 넣을 수도 당겨 올릴 수도 없는

낚싯줄 드리운 수면을 보면

검불이나 빈 봉지가 바람에 날려가 닿는

구석처럼 깊다

84일째 빈손

빈틈없이 채워진 푸름 속에서

당신은, 물의 표범이다

주둥이는 뾰족하게 시간의 벽을 뚫고

등지느러미는 바람의 돛을 달고

쾌속 유영하는

청새치

4. 청새치

유일한 적은 나
물가에 사는 이들은
언젠가 닻을 내려야 하고
난 물속에서 살면 그뿐
바다는 어디든 길을 내줄 것이므로
언제든 가면 그뿐
인간의 신장을 넘는 날부터
나 자신을 신으로 섬겨 왔으니
배 한 척 떠 있어도
무심하게 지나가면 그뿐
바다는 늘 그 자리
반기지도 거부하지도 않는데
왜 그랬을까
푸른 녹이 슬어 가는 물 낯바닥에서
빛의 잔상이 별무리처럼 어른거렸지
한계는 늘 흐릿하게 빛나는 거지
덥석, 미끼를 물었지

5. 귀환

어깨를 맞대고
전우처럼 퇴각하고 있지
이틀 밤낮 사투를 벌인 적을,
나의 모든 것을 바치게 만든 너의 잔인을
어찌 상어 떼에게 넘기랴
머리와 꼬리만 남기고
이물에서 고물까지 뼈가 드러난 몰골을
어찌 저 푸른 망망 속에 묻으랴
새벽어둠 사이로 떠도는 연안 등불이
유령의 징검다리를 놓는 건
날, 널, 위로하려는 거지
네 낯짝을 마침내 가까이 대하였으나
피비린내까지 쫓아내진 못하였으니
플롯은 사라지고
마지막 장면만 남겠지
살점을 뜯긴 채
조각배 옆구리에 매여 있는
아바나 연해의 총아여,
최초의 목격자는 어찌 물을까
해가 떠오르고

바다가 덤덤하게 차오르고
무엇이 우리의 현재를 증명할까
철 지난 야구 기사로 얼굴을 덮고
이제 무박 2일 밀린 잠에 곯아떨어지면
마놀라, 나의 소년이 귀를 열고
문을 열겠지

6. 꿈

사자후,
내공이 약한 자는 고막이 찢긴다
사바나의 풀 그늘에서
상체를 일으키는 숫사자
소리를 죽인다
오직 행동이다
산다는 것은 죽이는 것이니까
목덜미를 물고
생이 끊어지고
생이 이어진다
며칠 굶은 암컷과 새끼들

풀 먼지가 가라앉고
피의 제전에서
허기는 얼마나 신성한가
낮아지는 호흡
언덕 바위에 올라 배를 깔면
백 리가 눈앞이다
오수의 시작,
평야의 끝에서
일엽편주 돛대가 출렁이고
이렇듯 몽중몽에서
깨어나 다시
새벽이면

제2부 비대칭

그림, 자

눈이 없으니
옥상 난간에서 추락하기도 하지
곧잘 꽃밭도 밟지
입마저 없어 시비를 걸 수 없으므로
당신도 세상도 무사하지
살다가 발달하는 재주가 있어
당신의 작은 신장을
아침 햇살에 서너 배 키워 줄 수 있으나
가로등 불빛이 사무치면
바짝 쭈그려 놓기도 하지
혹 당신을 찾는 불빛이 많으면
나설지 숨을지 난감하여
손오공의 분신술을 펼칠 수도 있지
교차로에 선 당신 곁에
눈썹 부라리며 드러누울 수도 있지
새까맣게 타들어 간 스키드
자국처럼

그, 림자

달의 향기는
옆에 서 있는 자의 후각에서
완성되는 게 아닐까
누군가의 옆에서
달이 시작되고 있다
보이는 것보다
보이지 않는 것이 많은 것을 향하여
달, 이렇게 부르는 것은
보이는 것도 보이지 않는 것도
하나이므로,
가까스로 내가
당신 곁에서 우리가 되고 있어서
그런 게 아닐까
자목련의 낙화 언저리에서
곰삭은 향이 희석되어 가는 5월
당신은 암흑의 우주
그 품에 가늘게 안겨 있는 나
달빛이 달그림자에게 푹 안겨 잠드는 밤이다
스타일은 미니멀리즘
달빛 등진 길에서

가다가 돌아서고 가다가 돌아보고
나를 예인하는 길고 엷은 그림자
채이지 않고 밟히지 않고
발끝에 찰싹 붙어서
한 걸음씩 물러서고 있다
슬쩍 어깨 너머에선
달보다 별이 더 많이 빛나고
길 위에선 천천히 따라오라고
그림자가 목발을 짚고 있다
나도, 달도, 오늘 밤은
시작하고 있다

날마다 그 언저리

술 고픈 저녁은
오락가락하기에 좋다
어디 한번 줄을 당겨 볼까
종소리가 붉은 첨탑 사방으로 번져 갈지
양동이 물이 쏟아져 뒤통수를 적실지
아직 모른다
댓살에 밥풀 먹여
당신이 손수 만들어 준 방패연,
꼬리가 없는 것은 외롭고
오른쪽이었다가 다시 왼쪽이었다가
그렇게 띄워 놓고
놓지 못하는 줄이 있다
기억은 물길 같아서
따라가면 멀어지고 거스르면 덮쳐 온다
수천 잎이 몰려들어 한꺼번에 손을 내미는
숲 언저리 혼잡 구간에서
써낼 수 없는 바람은
지울 수 없다
친구는 오늘도 다정하다
목은 비트는 거다, 따는 건 구식이지

회오리치는 토네이도가

술병 바닥에서 모가지로 사라져 가는

창공을 등지고

하강, 다시 침잠이다

당신의 뒤에 섬으로써 시작되는 줄

당긴 줄은 놓을 수 있다

놓은 줄은 당길 수 없다

저녁 햇살은

날마다 그 언저리여서,

쓰다

몽설

다이달로스,

몸에 날개를 단 자

난, 반중력을 꿈꾼다

하늘은 태양으로 뜨겁고

바다는 물안개로 습하니

그 중간쯤으로 날리라

슈퍼맨은 지구인의 친구

하지만 외계인의 능력을 베낄 생각, 없고

언덕 많은 지구, 떠날 수는 없고

당신이 멀리 보이는, 딱 그 높이까지만

날아오르겠다

댓잎 차고 올라 달빛으로 흐르는

군협지의 주인공이고 싶다

저 강을 건널 수 있다

꿈은 모순이다

모순을 활용하는 게 경공술의 묘다

적혈구 세포 개수는 총 체세포 수의 84%

84%의 개수가 차지하는 무게는 0.1%

1%의 십 분의 일의 무게에

올인한다

비상하는 데는 빈자가 유리

민주주의는 무게 없는 개수의 반란이다

26조 개의 적혈구 세포에게

우주의 공허를 전달한다

반중력 에너지가 묵직하게 단전에 도달하는

몽설(夢泄)의 새벽,

지금이다

수정 후 재심

빗물이 까르르

쓸릴수록 고와지는 모래가

귓전에 슬그머니 부어 넣은 독

칸칸이 위로 자라는 수만 죽림 격실에서 난 밥통일까
소리통일까

귓속 쑥 뽑아낸 귓바퀴 속이 쏙 빠지게 가려워

빗물 한 방울이 눈꽃 한 송이가 강물이 아니고 설원이
아닌 것은

당신의 관점이 여기서 끝나도 좋은 것은

초저녁이 소주병에 송홧가루처럼 가라앉고 있으니

스모키 화장 지우고

또 하루가 민낯으로 돌아눕고 있으니

문법

다시 깨어나는 것은
일직선 같은 대시이거나
살다가 서먹해져 가는 세 지점의 결집이리라
마침과 쉼,
둘 사이를 널뛰는 것일 수도 있겠지
반듯하게 날 눕히고
지느러미를 앗아 가는 아침의 문법
해는 또다시 편집된다
소음은 생방송으로
통증은 가까이
뼛속까지 파고드는 가려움 주변에
날 선 손톱 지그시 대고
멈추는, 마저 후벼 파지 못하는
이런 아침이란

직전

안에서 밖으로,
하지만 그 이후를 알지 못하는 열기들이
모낭에서 끓고 있다
저러다 뚫고 나오는 것에는
날카로운 발톱이 있을 것이다
민들레 홀씨가
무엇이든 잡아당기는 것일까
나무 몇 그루의 생을 횡단한 후에
어디든 매달리는 것일까
발갛게 부은 살갗 밑을 기어 다니는 불개미들
1그램의 바람이
찢긴 문풍지에 일으키는
1밀리의 가려움
얼마나 떨려야 소리가 될까
밖으로 나오는 것은 나와서 무엇이 될까
어떻게든 끝장을 봐야 할 것 같은
부글거리다 터지고
서서히 휴화산이 되어 갈 분화구들
찢고 나오기
직전에서

그것

겨울 버스 발작에 리듬을 타는 것이 있다

눈이 물이 되고 물이 공기가 되고
공기가 숨이 되고 숨이

숨이 사라지면 그 에너지는
언제 어디서 미친 눈보라가 될까

고체는 액체에게, 액체는 기체에게, 저항하지, 속부터
끓지

오월이면 어김없이 필 등꽃이 밉다

내밀 곳이 더 이상 떠오르지 않아도
뭔가 쓰고 있는 아침

줄타기의 끝에 먼저 도착 중인 허기쯤은
즉석 매운맛으로 달래 놓고 머문 자리 지우는 정오

척추와 꼬리뼈 사이에

한 평 불빛이 가물가물 최면을 일으키는 밤이면

첩첩 쌓여 가는 유혈 활자의 실험실에서

그것의 이름으로

또 한 상자의 책을 내던지고 있겠지
우산살 뒤집힌 신경 다발이

목격자

공용 터미널을 빠져나와 도로를 버리고 샛길로 다시 좁은 골목으로 그러다가

소머리국밥 현수막 상단에서 누런 황소가 움머 우는 소리 들었어요 닭한마리 전화번호가 게걸음하면서 전광판 모서리에 하나씩 반 토막 나는 걸 보았지요 폐자재 어질러진 골목 앞 공터에서 초겨울 햇살은 길 건너 옥상으로 공중 부양 중이었구요 그때였어요

폐차
무료 견인

녹슨 물탱크에 갓 붙은 포고문이
세상에 군림하는 걸 목격했지요

네발짐승의 사망을 촉구하는 붉고 굵은 루주의 향

게다가, 참고 인내하는 일쯤은
그냥 덤으로 공짜로 해 줄 수 있다니

이렇게 맨땅을 쓸고 가는 생각마저 떠나고 나자
덩그러니 골목과 나만 남아 있었죠

삼천포로 빠지다

가방에 넣고 다녔던 것
오늘은 북새통 임산부석 앞에 직립해서
한 손에 꺼내 든다
왜 이러나 싶은 문장과 문장
사이에 집중한다
남보다 먼저 무신경해지는 게 최선이므로
주먹처럼 웅크리고 있는
노란 시집, 펼쳐 든다
코앞에 치켜들면
두 책장 사이 좁아지는 계곡에
아낙의 콧잔등이 걸쳐진다
속눈썹, 숨은 쌍꺼풀
관목 사이 풀꽃
바람에 흔들리고 쓰러지고
클릭 다시 클릭
가상의 십자를 긋는다
푸른 색안경에게
호흡 정지, 방아쇠를 당긴다
노선도 아래 흔들리면서
우린 언제나 어딘가를 지나치고 있다

밀리다가 쏠리다가 때론 덜커덩
그때마다 행갈이가 널뛰는,
안 끝나는 시
이런 날 시집의 쓸모는
날 가리면서 널 조준하는 것
그냥 미끄러져 가면서

꽃나무에 꽃이 지면 나무가 되지

지상의 좌표에서

이대로 죽 건재하길 바랄게

어쩌면 나도 그대들 사이에서 그럴 수 있으리라

피는 잎, 지는 꽃, 우는 벌, 숨은 새

서 있는 나무들과 나누는 수만 걸음의 살가움

가장 깊은 것은 배경에 있다는 듯이

익명의 방치 속으로 들어가는 것은

걸어갈수록 달콤해지는 것은

오직 푸르게 아무나가 되어 가는 나무들

더 이상 꽃의 이름으로 불러 줄 수 없는 누구나에게

얼굴 없는 바람이 멋대로

농(弄)을 걸고 있어서

오디, 어디, 하지

붉고 붉어서
마시고 마시다, 토한 적 있다
야생 뽕나무 열댓 그루
벌 준 선생은 벌써 전근 갔는데
두 손 들고 벌선 지 몇 해째인지
그림자가 잡풀보다 촘촘하다
작대기로 후려쳐 혼낸 다음
무성한 잎사귀 사이 숨어든 것들
죄다 고백을 들어야겠다
가지째 흔들어 줄 테니
울고 싶으면 실컷 울어라
억누른 것은 언제고
누군가의 품에서 폭발하기 마련
뽕잎에 가린 마른하늘에서 우둑우둑
땅 치는 우박인지
동굴 헤매는 괴성인지
과객의 가슴팍에 일시에 떨어져 꽂히고
지워지지 않을
자줏빛 자국을 문신한다
하지감자에 살이 오르는 시간이 오면

빨아 줄 아이 없이 아프게 부푼
검붉은 오디가 갈라진다
젖줄을 타고 울컥 밀고 올라오는 것
여름 어딘가로 흘려보낸다
잔바람에 손 내밀면
사각사각 손등을 갉으면서 기어 오는 것들
오디, 어디, 하지, 뽕
아무래도 모조리 털고 가야겠다

첫 혀끝

병문안 마치고 돌아오는 길에
늦은 점심 때우려 어쩌다 들어섰지
간판도 시원찮은 기사식당이었어
덜 치워진 식탁에 털썩 앉아
센 척 말문을 닫고
주문 받으러 오기를 기다렸거든
작업복 아재들이 계속 비집고 들어왔고
왜 어제 안 왔냐고 주인 할매가
어깻죽지 기운 십장에게
밉지 않은 시비를 걸었는데
주방 안팎을 민낯으로 누비던 생머리 며느리
눈길 한번 주지 않고
묻지도 않고
백반 한 쟁반 턱 내오는 거야
간장에 조린 멸치 두세 마리
발라내다 만 내장째 어금니 사이에 집어넣고
잘근잘근 씹었거든
군침이 돌아 밥알까지 삼켰거든
후식은 셀프
한 잔의 봉지커피였어

윗입술 적시다
틈으로 슬쩍,
잠기다 당기다 이내 온몸에 감겨 오던
눈물 나게 다디단
첫 혀끝,
흐릿해져 가는 창밖에선
당신의 빈자리를
싸락눈이 드세게 문지르고 있었는데
허기가 사라지니
씨발, 색기가 돌았거든

비대칭

수평선,
넘실거리는 파도의 연속
직선은 없는 거지
반듯이 누워 있는 자는
거기 꿈틀거리는 굼벵이만 못한 거지
언제나 어딘가로 출렁이는 리듬
오른쪽 무릎이 휘고
왼쪽 눈꼬리가 처지고
붙잡는 것과 놓아주는 것 사이에서
어딘들 뒤틀리고 있지
쌍코피 터지는 경우가 있지만
콧물은 한쪽에서 시작하지
숨구멍이 열리는 데는 귀천이 없으니까
기울어진 지구에서 팔자로 걷는 것은
이동 중인 중심을 따라가는 것인데
갈매기도 덩달아 두 날개 펼치지
바닷바람과 가까이 지낸다는 것은
매 순간 흔들리는 것이니까
흔적을 좇아가는 해변
저녁은 좌현으로 기울고 있고

십일 자 보행,
예비역의 주특기는 뇌리에 생생하지만
손목에 선을 그어 대는 노을이
줄줄이 정당방위를 갈겨쓰면
모자는 한순간 날아가고
늬가 뭔데,
어깻죽지가 절로 올라가지
짓눌린 꽁초, 마지막 1초를 지나
무게는 역시 왼발 뒤축에 싣고
오른발로 모랫바닥을 쓸면서
세상을 15도 틀어 놓지
걷다가, 걷고 또 걷다가
저물어 가는 서녘을 향해
엄지발가락을 불끈,

하아, 그렇게 찍힌 청춘의 스냅 사진 한 장

숨

찬 기운만 스치면
누수가 일어나는 갱
상상하라, 가랑잎이다
뼛속마저 공기로 채운 깃털이다
심장에게도 제 몫의 부력이 있을 것
수직의 한계에 수평이 있다
악몽이 뒤틀고 있는 공간의 회전
눈물샘에서 목젖으로
다시 콧속으로 우기의 늪이 깊어 간다
입술은 여전히 건기의 사막
혓바닥에 모래가 돋는다
동굴 밖으로 사라져 가는 눈먼 새 떼
출렁이는 수면에 숨구멍을 내놓고
또 하나의 짧은 수평을 찾아 기우뚱
모로 누워 가는 코를 고는
저승사자도 모르게

제3부 집밥의 왕자

굿애프터눈, 내 사랑

아침 일찍 피었다가

오후에 오므라드는 꽃이 있다

잎겨드랑이 그늘에서 꽃대가

격랑의 바깥을 겨눈다

좌엽, 우엽, 서로를 격하여 오르는

넝쿨의 길이 있다

제1나팔이 찌그러지고

제2나팔이 고갤 쳐들고

꽃은 솔로다

꽃들이 연이어 모여 살아도

한 번에 하나씩

한 곳에 하나씩

피거나 지고

소라 귀는 모래에 묻힌다

오늘 창공이 시끄러운 것은

제3줄기에서 제3나팔

제4줄기에서 제4나팔

꽃이 꽃에게 지극하게 건네는

독주 탓이다

굿이브닝, 내 사랑

식탁 모서리로
당신의 말이 가물가물 번져 온다
허락 없이 다가오는 것은
층간 소음을 뚫고
뉴스 속보를 지나
벌컥, 식도를 타고 내려간다
일어나고 있는 일에는
일어난 일이 있고
일어날 일이 있다
초저녁 거실에 비상착륙하는
서녘 빛의 동체
당신의 말이 돌아오고 있다
어디로 사라질까
잔바람 곁으로
누군가 빠져나가고 있다
그 흔적을 거슬러
다시 불어오는
"그래서"

굿나잇, 내 사랑

새순이 쏙, 쉼표를 틔운다

속에 감아 둔 핵, 위로 펼치는 게 시작이다

흘러오는 모든 물줄기를 향하여
아무것도 아닌 것이 되어야 하는, 호수

먼저 쓴 결론이
늦게 쓴 서론에게
쉿,

어서 아스피린을 복용하세요

어제인 듯 그래서 내일인 듯 일어나는 오늘의 내구성
파장

안경을 접고, 씻고, 자리에 누우면

사물 그 자체처럼

당신은 멀어지고

굿모닝, 내 사랑

사과 반쪽이 식탁에 흔들
우유 반 잔이 어디든 출렁, 이때 들려오는
저 (안에서인 듯 밖에서인 듯) 새소리에
귀가 살짝 열리는
각도가 있다
세월의 제1법칙이 작동하는
북반구의 아침이다
툭 떨어져 어딘가를 내리치는,
석연찮은 밑바닥이 그 낙하를 증명하는
사건에서, 당도는 햇살의 그늘이다
밀도는 저항의 순응이다
우선 토막 내는 당신이 있고
얇게 돌려 깎은 후 (어머니는 이런 방식으로
내게 살아 계시므로) 핵을 피해 슬라이스 하는
내가 있다, 반 잔을 남기는 당신과
반 잔을 따르는 내가 여기에 있다
종소리는 누군가 쇠를 때리는 것이고
맞은 것이 우는 것이고, 우는 것이
고막을 두드리는 것이고, 메아리치는
것이 누렁이 미르를 달려

붙잡는 것이다
붙잡고 흔들 기세,
이게 있어야 이동이다
아침이다

집밥의 왕자

1

드라이 기운이 풀리자
갓 자른 앞머리가 일렬로 늘어졌다
3식이 아니랄까 봐,
아내가 도끼눈을 뜬다
(곰탱이는 지 몸에 양식을 저장하고
잠이나 퍼잔다는데)
이빨도 안 닦고 몽유하는 불순분자
야밤에 또 냉장고 문을 열고 있다
일 없는 나날의 밥알을
삼키고 씹고 넘기고
집밥은 먹을수록 든든해지지만
시간은 넘길수록 헛헛해진다
어디 좋은 맛집 좀 찾아봐요
아내가 왈왈 (종간나 새끼,
인민의 총알 세례를 받아도 싸다)
다시 온 월요일, 오늘따라
매운맛 라면에 총각무가 왜 이리 당기는지
춘김니 씨겼비 씨미지고

안경 벗을 새도 없이 국물이 바닥나고

2

후덥지근한 여름
입맛 잃은 식사를 대강 마치고
과일 후식이 나왔는데
딸아이가 불쑥,
"시가 없어 좋군!"
씨알도 안 먹히는 실험시와
온종일 씨름하던 나는
일격에 어안이 벙벙한데
갈치 뼈 모아 둔 식탁 모퉁이로
탁, 거봉 껍질을 뱉어 내고 있는
내 강아지, 껌 좀 씹어 본 티를 내는데
노후 대책이래야 서방이 전부인 아내마저
"3식 씨―, 운동이나 나가셔"
딴전 피우자 곧이어 날아오는
"아이, 씨이―"
씨가 자꾸 시가 되어

구석마다 돌아다니는 저물녘에서
배가 더부룩해지고 있는데

3

누가 집안의 지존인지
분명히 해야 할 때가 있으나
왕좌의 게임은 싱겁게 끝나지요
집에는 여왕이 있소이다
제가 그 옆의 공작(公爵)이냐구요?
그래도 좋을 듯싶지만
여러분 각자의 인생에 비추어 아시는 대로
가끔은 진공청소기 돌리는 시종이고
가끔은 슈퍼에서 마트로
원격 조정당하는 심부름꾼인 거죠
잠정 결론은 눈치껏 왕자랍니다
보위에 오를 기회가 영원히 없는
늙은 맏아들 말입니다
그래 집밥의 왕자가 납시었나이다
페르시아 왕자는 양탄자를 타고

공주를 구하러 가지만
시도 때도 없이 심드렁해지는 내 버르장머리는
책상 밑 러그 조각에 발바닥을 부비면서
혹시 오늘은 나 대신에 마누라가
(내 속으론 여전히 내 거시기니까)
저것 먼지라도 털어 주려나
기대하고 있나이다

4

바다 끝에
낭떠러지 폭포가 있다
뭐, 그런다 치고

머릿속 북소리가 커지면서
더 이상 내려갈 수 없는 수심,
말할 수 없는 것은
그곳에 있다

파도에 씻겨

희고 단단하고 매끄럽게
내 뼈가 해안에 얹히는 즈음
그건 얼마나 깊이 가라앉고 있을까
혹자는 사라진다고
잊힌다고

빗소리의 주문이 저토록 무효하게 뭔가를 소환하는 것은

어떤 이야기도 기록되지 않은 심처에서
육신 없는 목소리가 떠돌고 있는 탓이 아닐까

주기율 원소로 돌아가지 못하고
피의 제물을 기다리는 탓이 아닐까

양성의 티레시아스여,
아직 산 자인 나에게 죽은 자의 가르침을 다오

묵은 아내가 자정 넘어 잠복해 있는
네 귀가 닳은 4인용 식탁으로
몸섞히 돌아갈 수 있게

5

새가
따라오고 있다
저이가 모습을 보이는
얼핏, 혹은
소리만 남은 날갯짓에서
오늘 살아야 할 이유가
구성되고 있다
1년은 365일
하루는 세끼이고
한 끼는 씻고 안치고 끓이고 먹고 씻는
명료한 아젠다
그걸 세 번 하여 완성되는 3식 씨가 있고
내가 알기로는, 이게
환원주의자의 인생이다
어제 남긴 삶은 감자 두 톨로
1식을 때우고
아침 맞이하러 가는

길이다

아침 고요

고양이도
관절염으로 고생한다
이런 이야기 종종 들었지만
전자 제품이 늙어 간다는 것은
생각하지 못했다
목말라 일어난 아침
선풍기 소리가 시끄러워 껐는데
냉장고가 그 뒷자리에서
끙끙대고 있다
축석고개 올라가는 중고차
된소리를 내고 있다
그러다 엔진이 덜커덕, 심장도 철렁
늦여름 하늘가에 멈췄는데
웬만큼 서늘해져 작동을 멈춘 것인데
너무 조용하다
갑자기 허공이다
물안개, 이끼, 소소한 바람
그딴 것 곁에 없어도
요란한 세상의 한가운데서
졸지에 닥칠 것 같은,

무호흡증을 앓아 온 그이
숨이 멎는 순간에 시작될 것 같은
아침 고요

거울

혹시 떠났을까
가까이 다가가 살피면
네 속에 있다
나중의 클라이맥스를 예비하여
먼지 몇 올 얌전히 앉아 있는
오디오에 불을 넣다가
곁눈으로 훔쳐보면 넌
대기 중인 새벽 열차처럼
불 꺼진 연속무늬만 보여 주지만
사각의 은빛 사막 어딘가
소년을 품고 있다
움직일수록 더 깊이 빠져드는 유사(流沙)
만성적 응시로 널 탐하다 보면
보는 대로 비추는 게 너의 재주인지
커피의 뒷맛은
이쪽과 저쪽 어디서 오는 것일까
여기서 난 너른 이마를 짚는데
거기서 넌 성긴 턱수염을 쓸고

돌아누운 도토리같이

　이렇게 희고 보드라운 살갗 어디에 산다는 것의 찌꺼기를 남길 수 있을까 황갈색 똥마저 물 내리기 전에 아빠에게 보여야 할 자랑거리가 되는 아이에게 귀지는 한 숟갈 얇게 긁어낸 호두 아이스크림이 아닐까 한 겹 세월의 누런 가벼움이 호기심 어린 엄지와 검지 사이에서 콩가루가 된다 한바탕 물장난 후에 투명한 웃음 방울을 도처에 떨구다가 수건 한 장으로 닦을 수 없는 향기를 안고 아이는 잠시 빈 내 무릎에 얼굴을 얹고 귀를 내민다,

　이런 비망록을 쓴 적이 있고 끝내 버리지 못했다

느티나무 집

바람이 부는 것은
더 이상 가만히 있지 말라고
살아 있으면 움직이라고
불고 또 부는 것은
닮은꼴의 그늘이 되지 말라고
돌아와 드러누운 자가 되지 말라고
어쩌다 돌개바람이
나뭇가지 부러뜨리듯 흔들어 대는 것은
귀찮다고, 싫다고, 아, 몰라
그렇게 혼자가 되지 말라고
내던지는 게 능사가 아니라고
하지만 자정 지나 노크도 없이 늦바람이
요놈 봐라, 툭 치고 지나가는 것은
꽁초 냄새 풀풀 날리며
어지럽게 겨드랑이 파고드는 것은
감겨서 풀리고
질리도록 껴안아야
헤어질 것이므로
악 소리 나게 까칠한 턱수염이
언젠가 그리울 것이므로

지금 사무치게 부대끼지 않으면
어쩐지 시작도 끝도 사라질 것 같아서

콜로세움

허물어진 것을
허물지 않는다는 것
그 위에 내려앉는 푸른 하늘에게
곁눈을 파는 사이
가이드가 굶주린 사자를 모사하고
선글라스와 모자들
세계 도처에서 온 연인들을 구경하면서
나 여기 왔노라, 증명사진은
생략하고 지나가려는데
딸아이가 다짜고짜 아내 곁에 세운다
땀투성이 검투사를 먼발치에 두고
오랜만에 단둘이 포즈
아빠의 말년을 위한 사진이야
엄마가 나중에 헤어지자고 하면
오늘 사진 꺼내 들고 말해
이거 보시오, 이렇게 다정했던
사라진 순간을 기억하시오
자아, 영원한 것은 없다, 치즈
훗날을 대비하는 신 김치 미소
위대한 폐허 앞에서

철컥

숫돌

망가져 돌아왔다
찌르지도 자르지도 못하는 칼
치고 들어갈 때와
빠져나올 때를 놓치곤 한다
어깨만 기대려다 아예 온몸을 누인 그이
이마에 잔머리 치워 주다가
시간의 주름을 쓰다듬어 주다가
밀어낸다 다시 밀어낸다
돌이 긁어내려 가는 쇠
스치기만 해도 마음이 베이던
날 선 미소는 어디로 갔는가
잃어버린 예각을 찾아가는 마찰
그를 갈고 갈면서
나 또한 갈리고 있지만
피를 흘리지 않는 것이 내 마지막 미덕
돌처럼 단단해서가 아니라
상처에 대한 상처로서
그를 닳게 하면서 나를 닳게 하는 탓에
시퍼런 칼날에 반짝 머물다 갈
하늘빛 독기가 그리운 탓에

이빨 빠진 쇠를 품에 안고
밤새 갈아세우고 있으니
함께 졸고 있으니

마법의 시간

아르노강 석조 다리에 즐비한 보석 가게들
쇼윈도에 쇠창살이 내려왔다

어둑한 적막에 전원을 넣기 시작하는 길 위의 밴드

청바지 엉덩이에서 시가 잿불이 떨어진다 러시아 여인
이 불쑥 이태리 가수를 껴안고 그이의 목덜미에서 시디 한
장이 횃불에 일렁인다 마법의 시간에 관대하세요 오늘은
토요일입니다 제 음악을 즐기는 순간에도 이것이 제 직업
이라는 것을 잊지 말아 주세요 돌바닥에 깔리는 이국의 메
시지는 여기까지 전자 기타 반주가 허공에 뿌려지고 노랑
파랑 노랑 주홍 누군가 사진기를 내민다 포즈 다시 포즈
오늘의 끝까지 오늘은 오늘이다 집 떠난 영혼은 마른 불쏘
시개 노래와 섞이는 어둠의 입자에 자성이 높아 간다 강물
불빛 입맞춤 담배 연기 맨발의 슬리퍼 모두 한데 뒤섞여
떠오르고 있다 여름밤 피렌체 밤하늘 속으로

베키오 다리 난간에 너를 앉힌다

제4부 봄나들이 지침서

취객

잎이 다 지지 않아서 비가 다 멎지 않아서 지지 않은 것 멎지 않은 것 사이로 걷고 있습니다 야반도주하듯 슬며시 산꼭대기에서부터 내려오던 가뭄 단풍은 죽어 가는 것이 아니었습니다 꺼져 가는 단풍의 찰나에 안개비가 휘발유를 끼얹고 있습니다 미치게 타오르고 있는 산 아랫목 길이 속을 훑고 내려가는 독주의 혓바닥 같습니다 마지막 순간은 누구나 저렇게 속곳까지 붉게 젖어야 해서 남은 찌꺼기 모조리 불살라야 해서 호주머니에 두 주먹 쑤셔 넣고 걷고 있습니다

초하

아카시꽃이 주렁주렁 열렸어도

불어오는 재넘이에 싼 단내마저 날리지 않는 초여름

욕망의 기억마저 꿈쩍하지 않는 표면에서

소낙비 후 살 오른 이끼가

저리 무성하게 연둣빛일 줄은

계곡 바위에 납작 붙어서

말갛게 씻긴 돌기 돌기를 내게 열어 줄 줄은

까악

바닷가 식당에서
살찐 갈매기를 경멸하여
새에게 먹이를 주지 마라, 일갈한 적 있다
오늘 옥녀봉에서 까마귀가
까악, 먹을 걸 내놓아라
내게 겁박하고 있다
지난주도 지지난주도 그랬다
어찌 이토록 처연하게 끌어당기는
검은 심연일 수 있을까
사라진 금계(禁界)의 주문 조각이라도 언뜻 비칠까
그 흑단 눈깔을
가까이 응시하였더니
인기척에도 꿈쩍하지 않는 초연이 두렵더니
원터골 칼바람 가를 기세로
덥석, 내 손아귀에 반 남은 빵 조각을 통째로 물고
거만하게 옆자리를 차지하는 뒤태라니
넌 분명 나보다
한 수 위

불리

신경을
끊어 주겠다고
통증은
아예 뿌리째 뽑아 주겠다고
파낸 속은
돌같이 생각 없는 놈으로 채우고
혹시 모를 외압에 대비하여
충격에 강한 허우대까지
씌우겠다고

생을 완벽하게 재건해 주겠다고

뒤통수 쪽에서
마스크 선생의 목소리만 들려오는데

처치대에 입 쩍 벌리고
누워 있는 나에게

"금니는 별로 추천 사항이 아니구요……"

음음음

　별것 아니에요 예열 등 같은 것 있잖아요 온갖 전자 제
품에 그냥 뾰루지처럼 박혀 있는 것 말이에요 껐는데도 완
전히 꺼진 것은 아니고 언젠가 더 빨리 깨어날 수 있게 준
비하고 있지요 발산하지 않고 머금어서 곱다는 듯 어둠에
싸여 있는 빛인 거죠 그런 은밀한 시편이 나에게 안겨 왔
어요 공명일까요 내 주름진 눈꼬리에도 미등이 켜져요 이
런 접속 오랜만이에요 여기저기 만지작거리다가 귓불을
살짝 삼각으로 접어 두는 것은 약속이겠죠 다시 와 너를
펼치겠다 다시 네 안에 들어가마 이렇게 향지 하나 갈피에
꽂아 두고 책을 덮고 어딘가 불을 지르고 싶은 건 뭐죠 음
음음 아무 일 없이 음험한 글쟁이의 저녁이에요

각주에 대한 미주

등, 어디든 기대고 서야 세상과 비스듬히 휴전이에요
등, 땅에 붙이고 누우면 하늘의 품이 보이지요
등, 올라타라고
품, 뛰어들라고

채찍이 날아오면
등이 먼저 나설 거예요

손차양 아래 먼 극장에선
새 떼가 커튼콜을 받고 있군요

아, 손에는 품이 없어요
그냥 등에 붙은 바닥이라 깊이 감추지 못하죠

눈물, 왜 손등으로 닦을까요

종일 외면 중인 등에는 보이지 않는 문신이 자라고 있
지요
바람 불 적마다 희미하게 돋아나는 상형문자들

돌아서도 또 돌아서도 만날 수 없는
등을, 안아 줄 수 없으므로

햇살이여,
오늘 내가 당신을 등지는 이유는
뒤에서 다가와

등 먼저 가만히 품어 주시길

술 마시면 공초가 생각나고

괴물이 필요하지
천둥 전 1초, 쓰다 만 시의 며칠째,
깨어나 전철이거나, 잠들어 예배당이거나, 이런 것들이
새까만
우주에서 푸른 녹을 피우다가
사고를 치지

모든 게 새 나가는 찢어진 어망에서 은빛 비늘이 반짝
이지

시간은 물질적이야
60초의 채석은 1분의 땀 값이 나가지
24시간의 융합은 하루의 이산화탄소를 배출하지
혹자는 세월이 그런 하루하루가 만들어 내는 퇴적층이
라고 논하고
더러는 그게 김 모락모락 피는 퇴비라고 찡그리고
누구는 그게 겹치고 쌓이다 방치의 빗물에 씻겨 나온 추
상이라고 젠체하고

어제보다 더 빨리 찾아온 어둠이 시간을 증명한다고,

그이는 말했지.

마른 풀의 전율은 수직적
젖은 강의 전율은 수평적

술 마시면 담배가 생각나고
꽁초, 이빨 자국보다 더 선명한 루주 자국이 떠오르고
낮바닥도 모르는 시인 공초가 어둠의 캔버스에 도드
라지고

장터 국밥집 1번 식탁의 마법

유모차 사이에 두고 다들 수다 중

갓난아이에게 턱받이가 걸쳐지고 젖병이 물려지는 찰나

속 빈 내장이 새우젓에 빠졌다

쫓아낸 파리 한 마리가 돌아오고 있다

훈김에 실려 올라오는 선뜻 살가워지지 않는 살내

깍두기 국물 붓고 무지개 양파에 묵은 된장 발라

비린 맛은 매운맛으로 역한 맛은 짠맛으로

맛의 중화를 기다리는 중

싸이키 센서

1

혹 까암—팍
산산이 터지고 싶었을지도

아마 짜안—
등장했다가 시원찮으면
어둠 속으로 사라지고 싶었을

엘리베이터 고장 난 센서 등이 왔다가 갔다가

이제 수리 불가여도 그뿐인
생각과 망각 사이에서

2

새벽잠을 깨우는 요의
가까스로 벽 앞에 섰을 때

치익—

혓바닥 갈라지는 소리가 등 너머 뿌려지고

헤이즐넛 커피 향이
암모니아 훈기에게

상승하는 것은 찌르고
하강하는 것은 누르고

3

시험 삼아 켰다가
다시 껐다, 꺼지지 않는다

더 밝게, 더 길게
세상을 볼 수 있는 방법이라기에

오래 묵은 너를 빼고 엘이디 전구 꼽았는데

단절의 양극에서 파장이 이어졌다 끊어졌다
밤새 깜박이는 베란다 어둠

처방—따뜻하게 달아오르고

때가 되면 끊어질 줄 아는
백열등으로 바꿀 것

의사 나리에게

사랑니를 뽑잔다
양편 어금니 뒤쪽에 드러누운 것들
자리만 차지하고 쓸모가 없단다
지 아프다고 이웃 붙잡고
같이 망가지자 패악질이다
마음을 훔쳐 간 놈도 이와 같아서
열 내고 삐지다가
갈라서기 직전이다
펜치로 잡아 흔든다
저러다 단숨에 넘어뜨리겠지
사랑니가 뽑히면
치통 같은 사랑도 사라지는 것일까
사랑니가 썩어 가듯
사랑이 썩어 가는 것도 사실인데
썩는다고 다 뽑아 버리면 뭐가 남지
사랑니 없는 세상은 사랑도 없는 게 아닐까
시인은 시 쓰는 사람이지 시가 아니다
시에는 사랑이 긴요할지라도
시인은 세상을 씩씩하게 씹어 줄 이빨이 필요하다
고통의 뿌리를 뽑아내면

그 근원에서 자라는 것도 사라지는 게 아닐까
고통과 함께 사랑도 사라지는 거라면

의사 양반, 일단 요거만 빼고 나머지는
나중에 거시기하게요

세상 저편의 개

밴드에 맞춰
메렝게 춤을 춘다
뒷다리로 서서
감아 돌았다 물러서고
마지막, 무릎 꿇은 구애의 자세까지
인간의 사랑 놀이를 구현하고 있다
놀랍지 않다
21세기 잡식성 감각에
길고 깊게 상처를 낸 것은
혼자 흥얼대고
때로 누군가와 흔들거리지만
언제부턴가 내 안에서 춤이 사라졌다는 것
개를 춤추게 한 것은
무엇이었을까
혹자는 채찍과 당근을 얘기할지라도
난, 누군가 춤추게 할
그 어느 흥이 내 안에 있었던가, 묻고
개에게 안기고 싶다
카톡 영상 속
저 중년의 도미니카 배불뚝이

처럼

마조히스트 사랑

어서 오라
미물의 기척으로 다가와
상실의 종량에는 변동이 없게
내 피를 빨아라, 동거자여
온몸으로 기다리고 있다
나설 듯 나서지 않는 몸짓
그러다 귓전에 고이는
구불구불한 골목길 고요
등불을 켜면
넌 필시 침상 가까운 벽에 붙겠지
난다는 것은 눈길을 끄는 것이므로
공간의 일부로 물화하겠지
세상이 널 주목하지 못하게
너마저 널 느끼지 못하게
정물에 머물겠지
동거자여, 사냥꾼이 노리는 것은
너의 바로 그 은신술
성급히 다가가지 않는다
오늘을 살기 위해
내일의 살기가 필요한 때

망설임 직전에서, 후려친다
불면의 벽에 새겨지는 건
내 심장이 너를 통해 우주에 내보내는
또 하나의 선홍빛 획
동거자여, 모쪼록 다시 만나자
상흔의 가려움만이
우리의 짧은 동숙을 기억할지라도
흡혈은 황홀한 것이니

최근의 여자

신사역 1번 출구 정류장에서
겨울밤을 응시하는 여자
완벽한 것은
사진 속에 있고
어디서나 아무 때나 날 유혹하고
한 번도 내 것인 적은 없다
서울의 낯빛
언제나 고운 당신에게 등을 기댄다
24시 10분 전
물만 부으면 부풀어 오르는
한 봉지 즉석 욕망
매운 국물이 간절해지는 시간이다
매울수록 속이 더 시원한 것은
어디선가 열리고 있어서
식도를 지지고 위장을 헐어야
눈물이 솟는 것은
어딘가로 흘러야 하기에
그렇고 그렇지만
야심한 달빛 승강장에서 오늘
내가 타려는 것은

밤새 불 켜진 당신이 아니라
새빨간 거짓, 입술, 말이 아니라
마지막일지도 모를
145번 버스

돈은 시다

두 꼬치 해치우고
거시기 냄새가 밴 것 같은 시든 배춧잎을 건넨다

헐었거나 찢어졌거나 세종대왕 상판대기면
믿어 의심치 않는 액면가

당신의 믿음이 지속되는 한
돈은 시다

실용주의자 프랭클린이 이르기를
예술은 위험하고 정직이 최상의 방책이라는데

포장마차 가에 쌓여 가는 망명정부의 지폐,
저 가을의 파산이 소주 한잔으로 회생되는 것은

내가 뼛속까지 속물인
시인이기 때문인데

국물 건네주는 물 묻은 손을 향해, 자본주의자여
시로 계산하면 안 될까?

●"돈은 일종의 시다(Money is a kind of poetry).": Wallace Stevens, 「Adagia」, *Opus Posthumous*, 1957.

봄나들이 지침서

다행인 것은
자신을 설명할 까닭이 없는 까닭

까닭이 까닭 없이 싫어져 이동 중이다

다들 한 컷에 열중,
찍히는 것에는 얼굴이 있고 손이 있고 미소가 있고
다시 시작이라고 생각한 순간에 떨어지는
꽃의 궤적이 있고

한 컷은
찰칵 자르는 것
토끼 귀 풍선이거나
상아 이빨 아이스크림이거나 상관할 바 아니지만
무자비하게 베어 내는 것

자른다고 다 잘리는 것도 아니지만

잘라 내야만
살아가는 이야기가 정지와

정지의 불연속 단면이라는 것을 증명해 주겠지

개화가 불안을 깨웠지만 낙화가 잠재우지는 못하고

까닥까닥 걸어가는 길에
세상의 모든 까닭이 저리 무수히 지고 있으니

그대여, 봄 길은 부디 뒷짐 지고 한갓지게 걸어오기를

발견의 시학

—독(獨), 유머, 일상의 형이상(形而上)

전해수(문학평론가)

양균원 시인의 세 번째 시집 『집밥의 왕자』는 "가장 가까운 당신"을 "가장 단단한 현실"(「시인의 말」)로 응시하는 자의 발견의 기록이다. 여러 시인들이 일상을 시의 소재나 주제로 다뤄 왔지만 그처럼 일상을 시의 생성에 필수적인 것으로 다루는 경우는 극히 이례적이다. 시인에게 현실은 시적 상상력의 투사가 허용되는 유일한 시공(時空)이다. 시는 현실과의 갈등에서 비롯하고 현실은 시와의 마찰에서 상투성을 벗는다. 물론 긴장과 균형의 관계에서 시는 현실을 주관적으로 통제하는 힘일 수 없고 현실은 딱딱한 사물의 세계에 머물 수 없다. 운명적으로, 벗어날 수 없지만 갇힐 수는 없고 극복할 수 없지만 순응할 수는 없는 현실 속에서 시인은 살고 있다. 이러한 대립을 의식적으로 응시하는 방식으로 양균원의 언어는 '유머'와 '고독(孤獨)'이 동거(同居)하는 특별한 어조 속에 종종 '일상의 형이상(形而上)'을 구현함으로써 발견의 시학을 완성해 나아간다.

표제 시 「집밥의 왕자」를 이끌어 가는 일차적 힘은 '유머'다. 유머는 화자가 현실에 대해 보여 주는 수용과 저항의 이중적 태도를 효과적으로 구현한다.

드라이 기운이 풀리자
갓 자른 앞머리가 일렬로 늘어졌다
3식이 아니랄까 봐,
아내가 도끼눈을 뜬다
(곰팽이는 지 몸에 양식을 저장하고
잠이나 퍼잔다는데)
이빨도 안 닦고 몽유하는 불순분자
야밤에 또 냉장고 문을 열고 있다
일 없는 나날의 밥알을
삼키고 씹고 넘기고
집밥은 먹을수록 든든해지지만
시간은 넘길수록 헛헛해진다
어디 좋은 맛집 좀 찾아봐요
아내가 왈왈 (종간나 새끼,
인민의 총알 세례를 받아도 싸다)
다시 온 월요일, 오늘따라
매운맛 라면에 총각무가 왜 이리 당기는지
훈김이 서렸다 사라지고
안경 벗을 새도 없이 국물이 바닥나고
——「집밥의 왕자」 부분

하루 세끼를 찾아 먹는 남편이 있고 이를 못마땅하게 여기는 아내가 있다. 그들의 갈등을 재치 있게 다루는 유머의 근저에는 화자의 자의식과 연민이 자리하고 있어 사뭇 쓸쓸하기까지 하다. 연작의 형식을 취하고 있는 이 시는 각 부분이 다른 어조를 띠고 있어서 모종의 변주 혹은 발전을 기대하게 한다. 제1부는 괄호를 사용하여 비시적인 어휘나 문장들을 활용한다. 첫 번째 괄호 안의 문장 "(곰탱이는 지 몸에 양식을 저장하고/잠이나 퍼잔다는데)"와 두 번째 괄호 안의 문장 "(종간나 새끼,/인민의 총알 세례를 받아도 싸다)"는 "3식 씨"의 모습을 핀잔하는 아내의 말이거나 그 속말을 짐작하는 화자의 생각일 것이다. 제2부는 큰따옴표를 활용하여 대화체의 현장감을 살리고 있다. 후덥지근한 여름날에 식후 과일을 먹으며 딸아이가 불쑥 내뱉은 말, "시가 없어 좋군!"에 화자가 흠칫 놀라는 상황이 연출된다. '씨'와 '시'가 중첩되는 상황에서 현실의 가족과 그 현실의 일원인 시인은 동거 중에 있다.

제3부는 "집밥의 왕자"가 탄생한 과정을 전달한다.

누가 집안의 지존인지
분명히 해야 할 때가 있으나
왕좌의 게임은 싱겁게 끝나지요
집에는 여왕이 있소이다
제가 그 옆의 공작(公爵)이냐구요?
그래도 좋을 듯싶지만

여러분 각자의 인생에 비추어 아시는 대로

가끔은 진공청소기 돌리는 시종이고

가끔은 슈퍼에서 마트로

원격 조정당하는 심부름꾼인 거죠

잠정 결론은 눈치껏 왕자랍니다

보위에 오를 기회가 영원히 없는

늙은 맏아들 말입니다

그래 집밥의 왕자가 납시었나이다

페르시아 왕자는 양탄자를 타고

공주를 구하러 가지만

시도 때도 없이 심드렁해지는 내 버르장머리는

책상 밑 러그 조각에 발바닥을 부비면서

혹시 오늘은 나 대신에 마누라가

(내 속으론 여전히 내 거시기니까)

저것 먼지라도 털어 주려나

기대하고 있나이다

                           —「집밥의 왕자」 부분

   제3부의 목소리는 독자에게 사건의 전모를 설명하려는 자의 것이다. 누군가에게 복잡한 자신의 심사를 넋두리하듯 고백하고 있다. 시상의 전환과 시니컬한 화법이 상황의 심각성을 유머러스하게 전개시키고 있다. "누가 집안의 지존인지"를 따져 보려는 화자의 의도는 쾌활하나 그 이면에는 '독(獨)'이 내재되어 있음을 알 수 있다. 현실적으로 "집

밥의 왕자"는 "가끔은 진공청소기 돌리는 시종이고/가끔은 슈퍼에서 마트로/원격 조정당하는 심부름꾼"이다. 목소리가 다소 자조적이기까지 하다.

하지만 앞선 시편들과는 다르게 제4부에서 화자는 "더이상 내려갈 수 없는 수심"을 찾아 분투하는 자신 혹은 시의 종국을 예견하고 있다. 혼잣말처럼 여겨지는 내성적 문장들을 기입하여 이제까지의 익살이 비애를 불러들이는 풍경을 그러모은다. 그런데 이렇게 '독(獨)'이 묻어나는 문장들 가운데서 화자는 "말할 수 없는 것"의 문제를 해결하기 위해 "나에게 죽은 자의 가르침을 다오"라고 적극적인 자세를 취하고 있기도 하다. 희랍 신화에서 오디세우스는 트로이 전쟁 후 아내가 기다리는 고향으로 가기 위해 하계의 티레시아스를 방문하여 지혜를 간청한다. 제4부에서 "집밥의 왕자"가 겪는 문제는 "말할 수 없는 것"에 대한 추구의 문제일 수 있다. 그는 현실의 "심부름꾼"에 불과하지만 동시에 오디세우스의 영웅적 분투를 갈망하는 자이기도 하다.

제4부에 힘입어 제5부의 화자는 일상의 현실에 맞서 모종의 결의를 지닌 인물로 성장한다.

　　새가
　　따라오고 있다
　　저이가 모습을 보이는
　　얼핏, 혹은
　　소리만 남은 날갯짓에서

오늘 살아야 할 이유가

구성되고 있다

1년은 365일

하루는 세끼이고

한 끼는 씻고 안치고 끓이고 먹고 씻는

명료한 아젠다

그걸 세 번 하여 완성되는 3식 씨가 있고

내가 알기로는, 이게

환원주의자의 인생이다

어제 남긴 삶은 감자 두 톨로

1식을 때우고

아침 맞이하러 가는

길이다

—「집밥의 왕자」 부분

    화자에게 "오늘 살아야 할 이유"는 "새"에서 발견된다. "새"가 모습을 보이는 순간이 화자에게 "얼핏"으로 인식되는 것은 그가 애타게 고대하는 어떤 것이 쉽게 드러나지 않으며 드러나도 곧 사라지기 때문일 것이다. 화자의 하루는 세끼의 단단한 아젠다에 갇혀 있지만 근처에 존재하는 "새"의 흔적이 그에게 현실의 압력에 버틸 힘을 준다. 마지막 시편들에서 그의 '독(獨)'은 의연하기까지 하여 더 이상 자조적 비틀림을 드러내지 않는다. "감자 두 톨로/1식을 때우고/아침 맞이하러 가는" 자의 뒷모습을 상상해 보라. 화자는 "소리만 남은 날갯짓"으로 은유되는 시의 세계와 "1년은 365일"이라는 명제적 현실을 어떻게든 동시에 살아 내고 있다.

"집밥의 왕자"가 현실과 시에 대하여 보여 주는 태도는 복잡한 층위의 사색을 품고 있는 듯하다. 그에게 있어 현실은 시에 대한 위협이면서 시의 구성 요인이기도 하다. 시는 현실에 맞서지만 이길 수 없고 현실에 타협하지만 질 수 없다. 「집밥의 왕자」가 다섯 개의 연작으로 구성되는 것은 이러한 복잡한 관계의 양상을 종결이 아니라 탐색과 진행의 방식으로 구현하고자 함일 것이다.

시와 현실과의 관계는 '내 사랑' 연작에서도 핵심 주제이다. 시적 상상력의 주체인 화자가 견고한 현실의 세부를 이루는 아내와 어떤 관계를 형성해 가느냐가 의식적으로 접근되고 있다. '내 사랑' 연작에서 아내의 존재는 더불어 살아가는 사회의 모든 타자를 대변한다. 일상을 함께 살아가야 할 나와 타자는 어떻게 공존할 수 있는가에 대한 질문이 '내 사랑' 연작시의 근저에 자리하고 있다.

'내 사랑' 연작시는 갈등의 심화와 화해의 모색을 노정한다. 연작시는 오후, 저녁, 밤, 아침에 걸쳐 남녀 사이의 관계의 추이를 따라가고 있다. 첫 시 「굿애프터눈, 내 사랑」은 갈등 직후의 상황을 요약한다.

아침 일찍 피었다가
오후에 오므라드는 꽃이 있다

잎겨드랑이 그늘에서 꽃대가

격랑의 바깥을 겨눈다

좌엽, 우엽, 서로를 격하여 오르는

넝쿨의 길이 있다

제1나팔이 찌그러지고

제2나팔이 고갤 쳐들고

꽃은 솔로다

꽃들이 연이어 모여 살아도

한 번에 하나씩

한 곳에 하나씩

피거나 지고

소라 귀는 모래에 묻힌다

오늘 창공이 시끄러운 것은

제3줄기에서 제3나팔

제4줄기에서 제4나팔

꽃이 꽃에게 지극하게 건네는

독주 탓이다

　　　　　　　　　　—「굿애프터눈, 내 사랑」 전문

　꽃이 솔로인 것은 여럿이 함께 모여 있어도 "한 번에 하
나씩/한 곳에 하나씩" 피거나 지기 때문이다. 저마다 소중
한 존재여서 한 송이 꽃은 다른 꽃 뒤에 가려질 수 없다.
"독주"는 자신의 향기와 색깔을 유지하기 위해 싸우고 쟁
취하는 자의 음악이다. 한 세월 살아온 우리는 싸워서 이기

는 게 능사가 아니라는 것을 알고 있으며 던져진 말이 진실을 담보하지 않는 경우가 많다는 것 또한 알고 있다. 「굿애프터눈, 내 사랑」의 화자는 갈등의 시작을 알리면서 그 원인이 "독주"에 있다고 진단한다. 갈등을 피하고 싶어 하면서도 그것이 불가피하고 필요한 것이라는 인식이 화자에게 작동하고 있다. 「굿이브닝, 내 사랑」은 일단 싸움이 시작되면 갈등이 한동안 지속될 수밖에 없다는 것을 알려 준다. 「굿나잇, 내 사랑」에서는 쉼표 모양으로 고개를 쳐드는 "새순"이 화해의 가능성을 열어 주고 있다.

새순이 쑥, 쉼표를 틔운다

속에 감아 둔 핵, 위로 펼치는 게 시작이다

흘러오는 모든 물줄기를 향하여
아무것도 아닌 것이 되어야 하는, 호수

먼저 쓴 결론이
늦게 쓴 서론에게
쉿,

어서 아스피린을 복용하세요

어제인 듯 그래서 내일인 듯 일어나는 오늘의 내구성 파장

안경을 접고, 씻고, 자리에 누우면

사물 그 자체처럼

당신은 멀어지고

　　　　　　　　　　　　　　—「굿나잇, 내 사랑」 전문

　화자는 "속에 감아 둔 핵"을 "위로 펼치는" 움직임에서
솔직한 대화를 시도하고 있다. 이를 위해서 화자는 이미 써
버린 서론을 "먼저 쓴 결론"을 거쳐 "늦게 쓴 서론"으로 수
정하려 한다. 자신의 중심을 버리고 "아무것도 아닌 것"이
되려는 것이다. 이 무(無) 혹은 공(空)의 상태에서 화자는
"흘러오는 모든 물줄기"를 품는 "호수"가 될 수 있다.
　새 아침은 이러한 과정을 겪은 연후에 밝아 온다.

사과 반쪽이 식탁에 흔들
우유 반 잔이 어디든 출렁, 이때 들려오는
저 (안에서인 듯 밖에서인 듯) 새소리에
귀가 살짝 열리는
각도가 있다
세월의 제1법칙이 작동하는
북반구의 아침이다
툭 떨어져 어딘가를 내리치는,

석연찮은 밑바닥이 그 낙하를 증명하는

사건에서, 당도는 햇살의 그늘이다

밀도는 저항의 순응이다

우선 토막 내는 당신이 있고

얇게 돌려 깎은 후 (어머니는 이런 방식으로

내게 살아 계시므로) 핵을 피해 슬라이스 하는

내가 있다, 반 잔을 남기는 당신과

반 잔을 따르는 내가 여기에 있다

종소리는 누군가 쇠를 때리는 것이고

맞은 것이 우는 것이고, 우는 것이

고막을 두드리는 것이고, 메아리치는

것이 뉴런의 미로를 달려

붙잡는 것이다

붙잡고 흔들 기세,

이게 있어야 이동이다

아침이다

—「굿모닝, 내 사랑」 전문

　네 편의 '내 사랑' 연작시 중 마지막에 위치한「굿모닝, 내
사랑」은 시간이 아침으로 설정되는 데서 시사되듯이 새로
운 시작을 뜻한다. 그렇지만 이 시작은 해결이나 극복을 뜻
하지 않는다. 어느 날 오후에서 시작된 갈등이 다음 날 아
침에 불완전한 해결을 모색하는 데서 끝나고 있다. 화자는
"귀가 살짝 열리는/각도"를 발견한다. 그가 뜻하는 "세월의

제1법칙"은 아마도 타자에 대하여, 심지어 자신을 탓하는 타자에 대해서까지, 귀를 열어 놓는 태도를 뜻하는 듯하다. 그 법칙은 기본적으로 차이의 인정에서 비롯한다. 그 법칙은 어느 한쪽의 결단으로는 어렵고 "안에서인 듯 밖에서인 듯" 주체와 객체 모두가 노력하는 데서 성립된다. 이 과정에서 "반 잔을 남기는" 자와 "반 잔을 따르는 자"의 차이가 드러나고 존중되기 시작한다. 이 차이는 각자를 주장하고 이로써 갈등함으로써 분명해질 수 있다. 진정한 함께 살아가기는 차이를 찾아가는 갈등, "붙잡고 흔들 기세"가 있어서 가능해진다.

화자가 '내 사랑'이라고 정답게 지칭하는 대상은 좁게는 갈등 속에 있는 가족일 수 있지만 넓게는 현실 혹은 타자 일반으로 확대될 수 있다. 사랑의 방정식을 헌신이나 일체화에서가 아니라 갈등과 균형에서 찾는 접근법은 다분히 현대적이다.

「까마귀처럼 가라」는 타자와의 단절을 꾀하는 혹은 관계의 굴레를 벗어나려는 자의 노래로 읽을 수 있다.

가지에서 가지로
까마귀처럼 가고 싶다
나를 보내는 너의 시각에서
가도 가도 풀밭인 곳으로
정처 없이 걷고 싶다
너의 중심을 떠나

한 걸음에 풀 서너 포기씩

나의 중심도 풀 서너 포기에 한 걸음씩

뒤에 남겨 두고

농담이 살아 있는

수묵화 속으로 배어들고 싶다

끝없이 이어지는 풀, 풀

풀 곁에 풀로 걷고 있다

네 이름을 부르니 풀벌레가 날아간다

네 손을 잡으니 풀씨가 흩어진다

시작이 없어서 끝이 없는,

이곳이 사막이라면 풀은 모래다

이곳이 바다라면 풀은 물이다

내려놓기에는 그만인 이곳

먼 산이 자꾸 낮아진다

세상의 모든 것이 풀 높이로 내려와

허공에 밑줄을 긋는다

가도 가도 싱겁게 푸른 십 리에서

난, 드디어 아무것도 아닌

나일 수 있을 것,

이렇게 가고 싶다

　　　　　　　　　—「까마귀처럼 가라」 전문

　이 시는 「집밥의 왕자」나 '내 사랑' 연작시가 보여 주는
현실과의 어떤 균형마저 등지려 한다는 느낌을 준다. 화자

가 타자성의 문제를 이론적으로 접근하지 않고 있다는 반증이기도 할 것이다. 그에게 타자는 관념이 아니라 현실이다. 타자와의 균형은 일시적이어서 끊임없이 다시 시도되어야 하는 어려움 속에 있는 듯하다. 이렇게 힘들게 진행되는 삶의 부침에서 화자는 "너의 중심"은 물론 "나의 중심"마저도 벗어나고 싶어 한다. 각자의 개성을 유지하면서 갈등과 균형 속에 공존하는 방식이 현실이 허용하는 가장 합리적인 시도라면 '나와 너의 중심'이 둘 다 사라지는 경지는 거의 유토피아적이라고 할 수 있다. 모든 것의 높이와 각과 색깔이 사라져 다 같이 동등해지는 공간이 상정된다. 사막에서 모래는 그냥 모래이고 바다에서 물은 그냥 물이다. 더 높은 물이나 더 존귀한 모래는 없다. 화자에게 "풀밭"은 그런 곳이다. "푸른 십 리"에서 화자는 "싱겁게" 모든 욕망을 내려놓고 "풀 높이"로 풀과 나란히 걷고 있다. 화자에게는 나무에서 나무로 날아가는 까만 "까마귀"가 그런 수행자처럼 보였을 법하다. "아무것도 아닌/나"는 모든 것을 내려놓은 자이지만 그래서 모든 것을 수용할 수 있는 자이기도 할 것이다. 그러고 보면 이 시 또한 타자성의 가능태를 찾아가는 또 하나의 여정이라고 할 수 있다.

「꽃나무에 꽃이 지면 나무가 되지」에서도 화자는 자신을 지우려는 자세를 취한다. "익명의 방치" 속으로 걸어 들어가는 것을 달콤하다고 여기고 "더 이상 꽃의 이름으로 불러줄 수 없는 누구나"에게서 동질의 친근감을 느낀다. 양균원의 시가 재기발랄한 듯하다가 어느 순간 무겁게 가라앉는 것은 이렇게 자기를 지움으로써 뭔가에 도달하려는 불가능한 시도를 꾀할 때이다. 서로를 구분하는 어떤 높낮이나 화려한 꽃 이름 대신에 모두가 똑같이 "아무나"가 되는 경지에서 주체와 객체는 자연스럽게 그 자리에 연합되어 있는지 모른다. 그렇지만 흥미롭게도 화자가 무채색의 심연에 무력하게 가라앉는 것 같지는 않다. 각자를 내세우지 않으면서도 "얼굴 없는 바람이 멋대로/농(弄)을 걸고" 있는 그냥 "나무"들의 세상이 양균원의 시에서는 빛나는 가능성을 내포하고 있다.

「발견」은 현실을 오래 살아온 자의 깨달음에 대한 시이다.

붉은

유리 조각이

날 잡아당긴다

깨진 것에게

다가오는 모든 것은 적이다

깨진 가장자리에서

빛이 화살을 날린다

깨져 날이 선 것

둥지를 떠나 예각이 드러난 것

그리하여 둥글게 마모되어 가는 것

부르는 대로 불리는 것이

사물의 운명이다

네 잎 클로버는 책 속에 버려졌다

이제 다가갈 수 있다

누군가의 손바닥에

뭐냐고 물을 수조차 없는 아름다움으로

놓일 수 있다

외론 책방의 꽃병이었는지

성당 색유리에 조형된

막달라 마리아의 손등이었는지

생각나지 않는다

궁금하지 않다

산산조각 나기 전은 없다

날 선 기억은 온데간데없어지고

겨울 바다 모래톱에 비죽 솟아 있는

유리 조각, 붉은

당김

　　　　　　　　　　　　　　　—「발견」 전문

　깨진 것은 날이 서 있다. 그러나 상처의 예각은 시간이
지나면서 치유의 둔각으로 진화한다. 꿈은 상처와 함께 그
예각을 잃어 가고 "부르는 대로 불리는" 운명을 따라간다.
"네 잎 클로버"마저 책 속에 갇혀 잊힌다. 그렇지만 상실에
서 얻는 것도 있기 마련이다. 예각을 잃음으로써 화자는 누
군가의 손바닥에 안전하게 얹힐 수 있다. 상처 주지 않고
그럼으로 상처받지 않을 수 있다. 상처를 안고 그 예각을
시간의 모래에 문질러 닳게 함으로써 이제 "뭐냐고 물을 수

조차 없는" 아름다움으로 다시 태어날 수 있다. 모래톱에 비죽 솟은 유리 조각의 그 닳고 닳은 둔각이 화자에게 삶의 지혜를 전달하고 있다. 과거는 중요하지 않다. 외로운 책방 지기였거나 막달라 마리아였거나 상관없다. 상처를 잊고 오늘을 맞이하라는, 유리 조각이 붉게 화자를 끌어당기면서 속삭이는 말이 들린다.

이번 시집에 실린 양균원의 시들 가운데서 「숫돌」과 「아침 고요」는 '내 사랑' 연작시와 마찬가지로 부부 사이의 갈등이나 연민이 소재가 되고 있지만 남편을 대하는 아내의 목소리로 발화되고 있다는 차이점이 드러난다. 양균원 시인이 남성이고 보면 이러한 장치는 사실 여성에 대한 기대를 반영한다고 볼 수 있다. 위 시들에서는 그의 귀가 타자를 향해 열려 있듯이 화자로 전이된 타자 또한 갈등의 와중에서 이해와 사랑의 손을 내밀고 있다.

시집의 곳곳에서, 특히 가족 관계를 집중적으로 다룬 여러 시편들에서, 양균원 시인은 시가 잉태될 수 있는 현실의 특이 지점들을 쉴 새 없이 찾아가면서 그들의 타자성에 대해 균형 감각을 유지함으로써 그만의 '발견의 시학'을 실천한다. 그의 발견의 시학은 '독(獨)'과 '유머'가 빚어내는 '일상의 형이상(形而上)'에서 이채롭게 빛을 발하고 있다.